EDIÇÃO GERAL
Sonia Junqueira (T&S – Texto e Sistema Ltda.)

PROJETO GRÁFICO E EDITORAÇÃO ELETRÔNICA
Christiane Costa

REVISÃO
Carolina Lins
Lúcia Assumpção

Revisado conforme o Acordo Ortográfico da Língua Portuguesa de 1990, em vigor no Brasil desde janeiro de 2009.

AUTÊNTICA EDITORA LTDA.

EDITORA RESPONSÁVEL
Rejane Dias

Belo Horizonte
Rua Aimorés, 981, 8º andar . Funcionários
30140-071 . Belo Horizonte . MG
Tel: (55 31) 3214 57 00

Televendas: 0800 283 13 22
www.autenticaeditora.com.br

São Paulo
Av. Paulista, 2073, Conjunto Nacional,
Horsa I, 23º andar, Conj. 2301
Cerqueira César . São Paulo . SP
01311-940
Tel.: (55 11) 3034-4468

Dados Internacionais de Catalogação na Publicação (CIP)
(Câmara Brasileira do Livro, SP, Brasil)

Sorrenti, Neusa
Carta de um menino para a pior avó do mundo / Neusa Sorrenti ; ilustrações Aline Abreu. -- 1. ed. -- Belo Horizonte : Autêntica Editora, 2013.

ISBN 978-85-8217-208-7

1. Literatura infantojuvenil I. Abreu, Aline. II. Título.

13-08153 CDD-028.5

Índices para catálogo sistemático:
1. Literatura infantil 028.5
2. Literatura infantojuvenil 028.5

Neusa Sorrenti . Ilustrações: Aline Abreu

Carta de um menino para a pior avó do mundo

autêntica

Para o vô Hernane e os
netos Enrico e Lorenzo, que
me ajudam a tecer histórias

Varanda da casa velha,
25 de setembro de 2000 e caramba.

Vovó (assim mesmo, sem "querida"),

Esta carta que eu estou ditando pro vovô porque estou com pressa, e ele escreve bem rápido, e você leva dois dias pra abrir os e-mails, é pra dizer que você é a pior avó deste mundo.

Você vive pedindo pra eu ser educado, gastar menos água no banho, escovar os dentes direito, lavar as orelhas, dar descarga depois do xixi e do cocô. E vive

falando pra eu lavar as mãos toda hora, e não vê que minha pele fica fina e enrugada, não demora a furar.

O tempo todo é aquele falatório que
mais parece um CD sujo e arranhado.

Você é a avó mais implicante e mandona da face da Terra. Que nem a rainha-bruxa de uma história que a professora contou. Fica reparando se fiz os deveres com capricho, se colori bonitinho; manda guardar os brinquedos quando eu acabo de brincar; manda fechar os potes de massinha pra ela não secar e virar uma pedra fedorenta.

E manda cuspir o chiclete quando acabar o doce e fala pra não engolir ele de jeito nenhum; manda não comer as pontas dos lápis nem da borracha quando a aula tá chata; e manda juntar as bolas que eu deixo passeando, numa boa, pelo jardim.

Tem mais: você é a avó mais xexelenta e xereta deste planeta. Fica escutando eu xingar palavrão quando jogo bola com aqueles pernas de pau e depois dá bronca; estica o dedo e olha feio por cima dos óculos quando ameaço dar uns catiripapos no "tadinho" do meu irmão.

E franze a testa e bota as mãos na cintura feito asa de pote quando solto pum perto das visitas ou solto um arrotinho de nada depois de um copão de refrigerante. E fica contando o tanto de brigadeiro que comi nos aniversários, falando que vou virar um colchão amarrado, uma rolha de poço.

Vó, pelo amor de Deus,
dá um tempo! Por
que você não vai ver
novela, pra se distrair
e esquecer de mim?!
Desse jeito não dá, vó!

Mas... bom...
tem umas coisinhas que
eu quero dizer também.

Não vou ficar com ódio de você pra sempre, tá? Só um tempinho. Porque você me defendeu naquela briga da minha mãe com o meu pai por causa da birra que eu fiz pra ganhar o uniforme da Seleção Brasileira.

E também achei show
de bola aquela ideia
que você me deu: levar
um livro ou uma HQ na
mochila pra ler depois
que terminar as tarefas.
Assim eu não perturbo a
aula, a professora não
bota meu nome na **lista
negra**, e não fico de
castigo depois da aula.
Foi bom demais, vó!
Deu certinho.

E também porque escutei
você dizer pra minha
mãe que aquele dinheiro
era pra ela abrir uma
poupança pra mim, pra
eu comprar alguma coisa,
em caso de precisão,

e que você sempre vai me ajudar,
até ficar bem mais velha do que
você já é e virar estrelinha.

Ah, vó, só mais uma coisa: desculpe
eu ter detonado o galho da sua roseira
com a espada de pirata... Na hora, eu
só pensei em vencer o inimigo de olhos
de fogo, aquele da armadura verde e
brilhante... Você não ficou muito brava
não, né, vó? Acho que não, eu até vi
você dando uns risinhos bobos, atrás
da janela da cozinha...

Enrico

P.S.: Em todo caso, vou te
mandar um e-mail rapidinho.
Não conte pra ninguém.

VÓ
SOU O NETO MAIS
CUSTOSO DO
UNIVERSO.
MAS EU TE AMO.

A autora

Nasci em Itaguara, interior de Minas Gerais. Meus pais, filhos de italianos, davam asas para quase todas as minhas brincadeiras e para todos os meus sonhos de estudar na cidade grande. Aos quatorze anos, vim estudar em Belo Horizonte e fui ficando...

Trabalhei mais de 20 anos como professora do ensino fundamental e depois em cursos de graduação e de pós-graduação. Fiz Letras e Ciência da Informação, na UFMG, pós-graduação/especialização em Literatura Infantil e Juvenil e mestrado em Literaturas de Língua Portuguesa, na PUC Minas, defendendo a dissertação *Voz de criança na lírica de Mario Quintana*.

Já publiquei cerca de 30 livros para crianças e jovens: *O encantador de pirilampos*, Prêmio Altamente Recomendável (Compor); *Chorinho de riacho e outros poemas para cantar* (Formato/Saraiva); *Amores em pré-estreia* (RHJ); *Borboletas na chuva* (Saraiva); *Pintando poesia;* e o teórico *A poesia vai à escola: reflexões, comentários e dicas de atividades* (ambos pela Autêntica) são alguns deles.

Escrever para crianças é muito prazeroso, mas exige um olhar atento para perceber as vivências infantis, que apresentam, naturalmente, compassos e descompassos por vezes diferentes daqueles do adulto.

Neste livro, tentei observar cuidadosamente essa cadência para recriar uma história real, com o devido respeito pelo ponto de vista da criança ao retratar advertências recebidas no dia a dia. Juntei frases genuínas, reais, com outras também verdadeiras e muito "usadas" que escuto aqui e ali, e fiz esta carta, que bem poderia lembrar, em algum momento e com as devidas proporções, um desabafo da criança que mora dentro de nós. Daí o meu carinho por este texto.

Neusa Sorrenti

A ilustradora

Eu sou artista. Minhas ferramentas são palavras e imagens. Sempre amei livros e não sosseguei até virar uma "fazedora de livros".

Os desenhos pra essa história da Neusa Sorrenti, eu fiz no computador. Pra escolher esse jeito de desenhar, pensei nas crianças que usam muita tecnologia hoje, mas que continuam adorando sujar o pé de terra e chutar bola, correr na grama, comer bolo de vó e ajudar a regar as samambaias... Pensando nisso tudo, tentei trazer pra esses desenhos um toque de afeto, de terra, e cheiro de bolo quentinho.

Espero que você goste.

P.S.: Hoje eu moro em uma cidade grande, e é difícil achar um quintal com terra, mas sempre que posso vou sujar meus pés em algum parque.

Aline Abreu

Este livro foi composto com tipografia DK Harimau
e impresso em papel Couché 150 g/m² na Formato Artes Gráficas.